BIGGLES

Détective de l'Air

LE VOL DU WALLENSTEIN

Scénario original : Michel OLEFFE
d'après les personnages créés par W.E. JOHNS
Dessin : Eric LOUTTE

Couleurs : Frédéric BERGESE

CLAUDE LEFRANCQ EDITEUR

B.D EVASION. Série BIGGLES

Capt. W.E. Johns

Michel Oleffe

Eric Loutte

Cet album a obtenu le PRIX AVENIR 1994 décerné par
la Chambre Belge des Experts de Bande Dessinée

1.«Le cygne jaune»
2.«Les pirates du Pôle Sud»
3.«Le bal des Spitfire»
4.«La bataille d'Angleterre»
5.«Le vol du Wallenstein»
6.«Squadron Biggles»
7.«Le dernier Zeppelin»

À paraître :
8.«La bataille de France»
9.«La 13ème dent du Diable»

Remerciements à
Mrs Linda Shaughnessy de
l'agence A.P. Watt London

D/1994/4411/011
I.S.B.N. 2-87153-158-7

Imprimé en Belgique par PROOST
en octobre 1995

LES CÔTES DU NORD DE L'ECOSSE FIGURENT PARMI LES PLUS DÉSOLÉES DU ROYAUME-UNI. IL Y RÈGNE UN SILENCE PESANT QUE SEULS VIENNENT TROUBLER LE GRONDEMENT DE LA MER ET LES CRIS DES OISEAUX. CE JOUR-LÀ, POURTANT...
I DANCED IN THE MORNING WHEN THE WORLD WAS BEGUN...
I DANCED IN THE MOON AND THE STARS AND THE SUN...
AH, QUEL BONHEUR D'ÊTRE LIBRE COMME L'AIR ! VOILÀ ENFIN MES PREMIÈRES VRAIES VACANCES DEPUIS LA FIN DE CETTE FICHUE GUERRE. À NOUS LA BELLE VIE... N'EST-CE PAS, BARDOLPH ?
GROUMPF !
DITES-MOI, GENTLEMEN, BLAIRMORE CASTLE, JE VOUS PRIE ?
NOUS Y SOMMES PRESQUE, BARDOLPH...
ET VOILÀ ! JE N'AI PLUS VU L'ONCLE SEAMUS DEPUIS QUE JE ME SUIS ENFUI D'ETON, IL Y A TREIZE ANS...
HELLO EVERYBODY !
SOIS LE BIENVENU CHEZ LES Mc GILLIVRAY, YOUNG BERTIE.

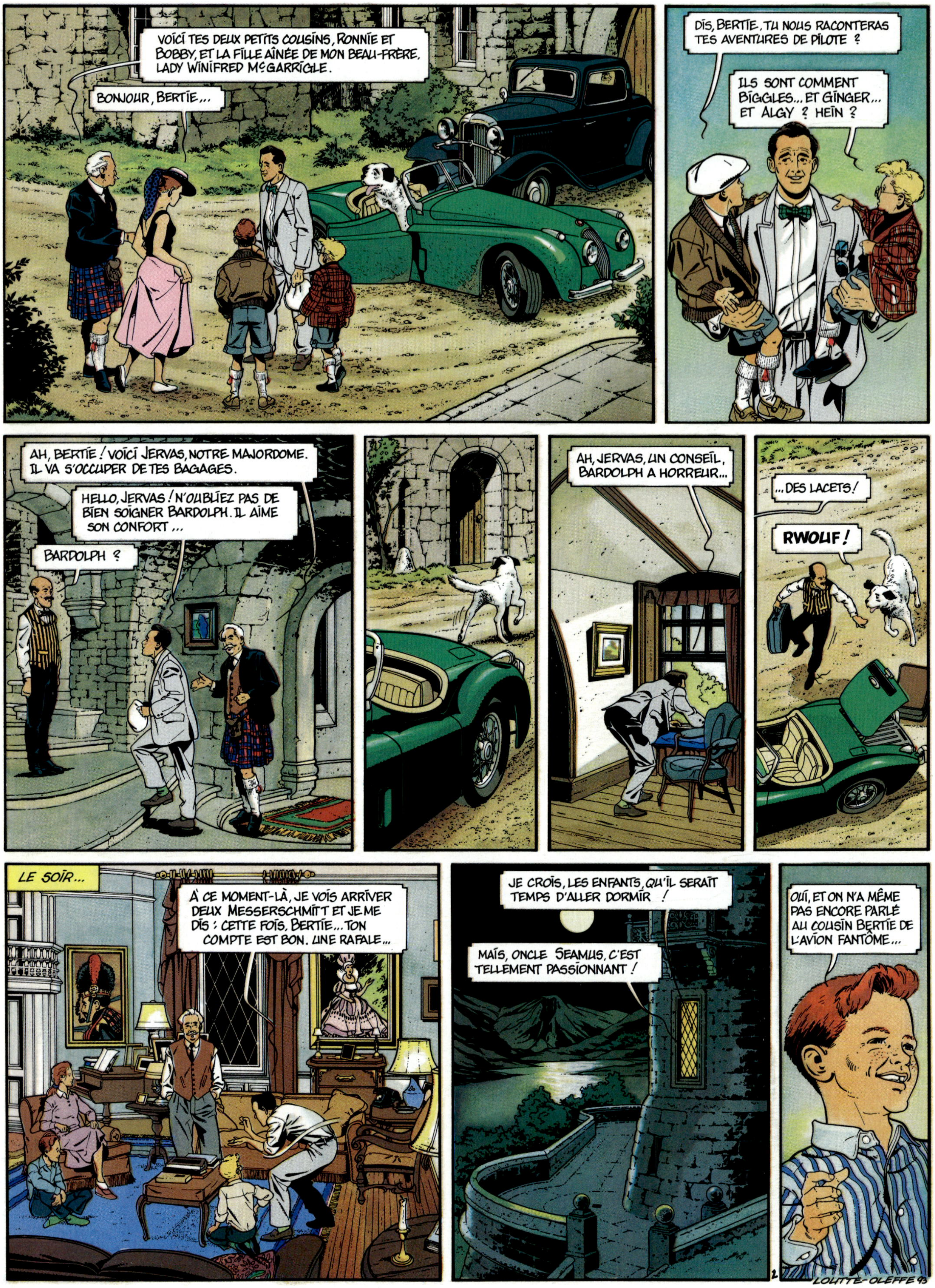
VOICI TES DEUX PETITS COUSINS, RONNIE ET BOBBY, ET LA FILLE AÎNÉE DE MON BEAU-FRÈRE, LADY WINIFRED McGARRIGLE.
BONJOUR, BERTIE,..
DIS, BERTIE, TU NOUS RACONTERAS TES AVENTURES DE PILOTE ?
ILS SONT COMMENT BIGGLES... ET GINGER,... ET ALGY ? HEIN ?
AH, BERTIE ! VOICI JERVAS, NOTRE MAJORDOME. IL VA S'OCCUPER DE TES BAGAGES.
HELLO, JERVAS ! N'OUBLIEZ PAS DE BIEN SOIGNER BARDOLPH. IL AIME SON CONFORT,..
BARDOLPH ?
AH, JERVAS, UN CONSEIL, BARDOLPH A HORREUR...
...DES LACETS !
RWOUF !
LE SOIR...
À CE MOMENT-LÀ, JE VOIS ARRIVER DEUX MESSERSCHMITT ET JE ME DIS : CETTE FOIS, BERTIE... TON COMPTE EST BON. UNE RAFALE,...
JE CROIS, LES ENFANTS, QU'IL SERAIT TEMPS D'ALLER DORMIR !
MAIS, ONCLE SEAMUS, C'EST TELLEMENT PASSIONNANT !
OUI, ET ON N'A MÊME PAS ENCORE PARLÉ AU COUSIN BERTIE DE L'AVION FANTÔME...
2
LOUTTE-OLEFFE 93

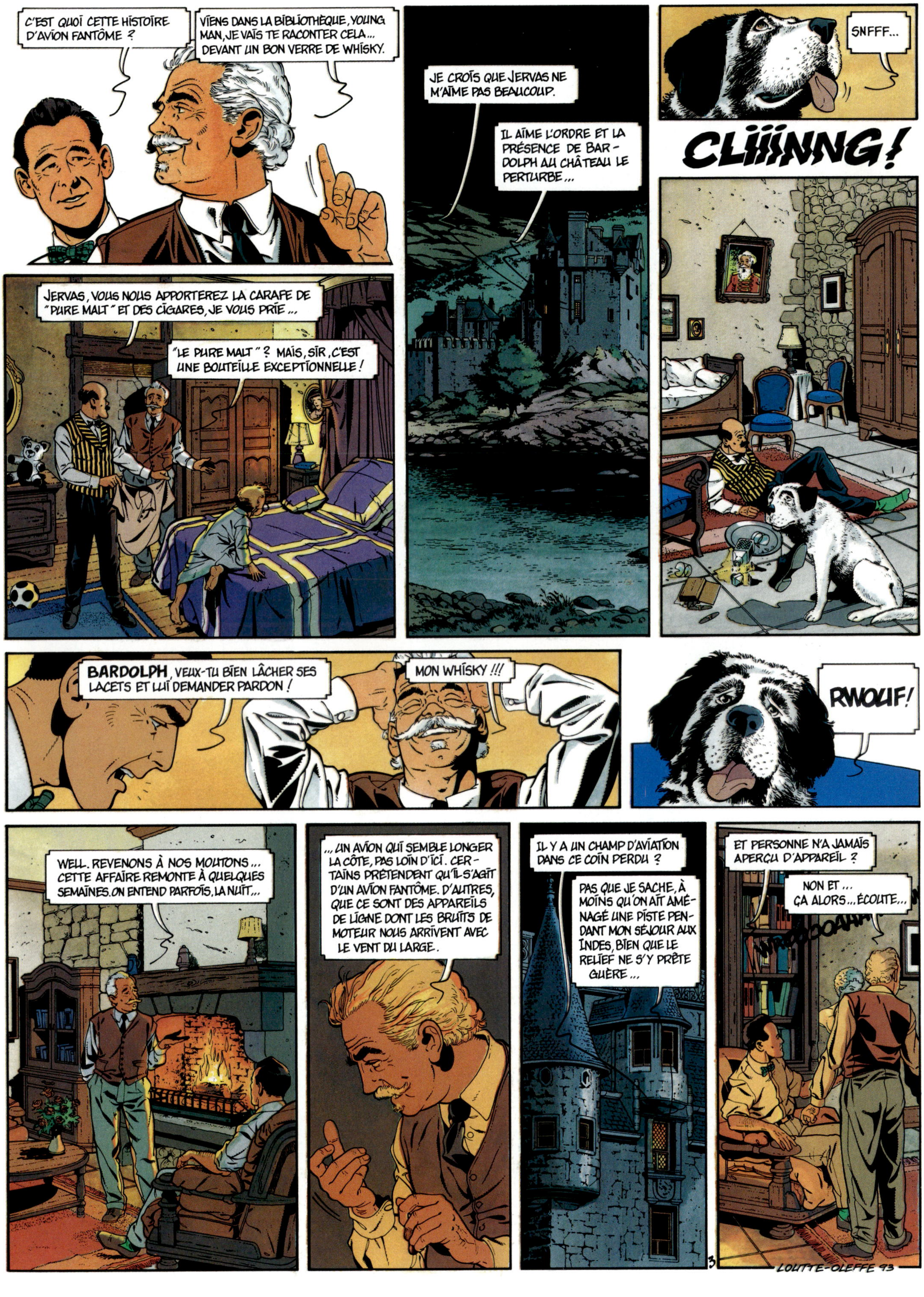
C'EST QUOI CETTE HISTOIRE D'AVION FANTÔME ?
VIENS DANS LA BIBLIOTHÈQUE, YOUNG MAN, JE VAIS TE RACONTER CELA... DEVANT UN BON VERRE DE WHISKY.
JE CROIS QUE JERVAS NE M'AIME PAS BEAUCOUP.
IL AIME L'ORDRE ET LA PRÉSENCE DE BARDOLPH AU CHÂTEAU LE PERTURBE...
SNFFF...
CLIIIINNG !
JERVAS, VOUS NOUS APPORTEREZ LA CARAFE DE "PURE MALT" ET DES CIGARES, JE VOUS PRIE...
"LE PURE MALT" ? MAIS, SIR, C'EST UNE BOUTEILLE EXCEPTIONNELLE !
BARDOLPH, VEUX-TU BIEN LÂCHER SES LACETS ET LUI DEMANDER PARDON !
MON WHISKY !!!
RWOUF !
WELL. REVENONS À NOS MOUTONS... CETTE AFFAIRE REMONTE À QUELQUES SEMAINES. ON ENTEND PARFOIS, LA NUIT...
...UN AVION QUI SEMBLE LONGER LA CÔTE, PAS LOIN D'ICI. CERTAINS PRÉTENDENT QU'IL S'AGIT D'UN AVION FANTÔME. D'AUTRES, QUE CE SONT DES APPAREILS DE LIGNE DONT LES BRUITS DE MOTEUR NOUS ARRIVENT AVEC LE VENT DU LARGE.
IL Y A UN CHAMP D'AVIATION DANS CE COIN PERDU ?
PAS QUE JE SACHE, À MOINS QU'ON AIT AMÉNAGÉ UNE PISTE PENDANT MON SÉJOUR AUX INDES, BIEN QUE LE RELIEF NE S'Y PRÊTE GUÈRE...
ET PERSONNE N'A JAMAIS APERÇU D'APPAREIL ?
NON ET... ÇA ALORS... ÉCOUTE...
LOUTTE-OLEFFE 93

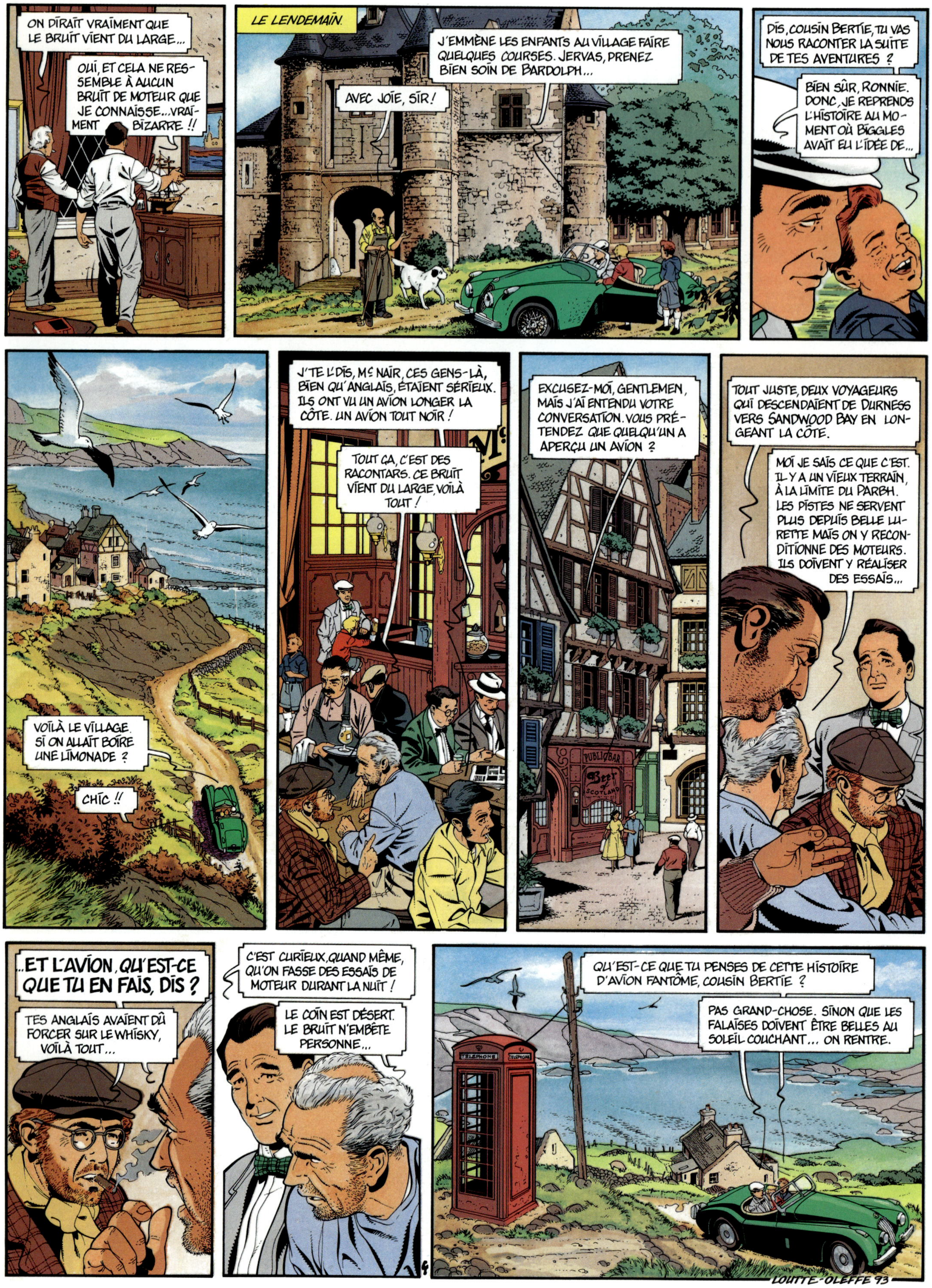
ON DIRAIT VRAIMENT QUE LE BRUIT VIENT DU LARGE...
OUI, ET CELA NE RESSEMBLE À AUCUN BRUIT DE MOTEUR QUE JE CONNAISSE... VRAIMENT BIZARRE !!
LE LENDEMAIN.
J'EMMÈNE LES ENFANTS AU VILLAGE FAIRE QUELQUES COURSES. JERVAS, PRENEZ BIEN SOIN DE BARDOLPH...
AVEC JOIE, SIR !
DIS, COUSIN BERTIE, TU VAS NOUS RACONTER LA SUITE DE TES AVENTURES ?
BIEN SÛR, RONNIE. DONC, JE REPRENDS L'HISTOIRE AU MOMENT OÙ BIGGLES AVAIT EU L'IDÉE DE...
VOILÀ LE VILLAGE. SI ON ALLAIT BOIRE UNE LIMONADE ?
CHIC !!
J'TE L'DIS, Mc NAIR, CES GENS-LÀ, BIEN QU'ANGLAIS, ÉTAIENT SÉRIEUX. ILS ONT VU UN AVION LONGER LA CÔTE. UN AVION TOUT NOIR !
TOUT ÇA, C'EST DES RACONTARS. CE BRUIT VIENT DU LARGE, VOILÀ TOUT !
EXCUSEZ-MOI, GENTLEMEN, MAIS J'AI ENTENDU VOTRE CONVERSATION. VOUS PRÉTENDEZ QUE QUELQU'UN A APERÇU UN AVION ?
PUBLIC BAR
TOUT JUSTE, DEUX VOYAGEURS QUI DESCENDAIENT DE DURNESS VERS SANDWOOD BAY EN LONGEANT LA CÔTE.
MOI JE SAIS CE QUE C'EST. IL Y A UN VIEUX TERRAIN, À LA LIMITE DU PARBH. LES PISTES NE SERVENT PLUS DEPUIS BELLE LURETTE MAIS ON Y RECONDITIONNE DES MOTEURS. ILS DOIVENT Y RÉALISER DES ESSAIS...
...ET L'AVION, QU'EST-CE QUE TU EN FAIS, DIS ?
TES ANGLAIS AVAIENT DÛ FORCER SUR LE WHISKY, VOILÀ TOUT...
C'EST CURIEUX, QUAND MÊME, QU'ON FASSE DES ESSAIS DE MOTEUR DURANT LA NUIT !
LE COIN EST DÉSERT. LE BRUIT N'EMBÊTE PERSONNE...
QU'EST-CE QUE TU PENSES DE CETTE HISTOIRE D'AVION FANTÔME, COUSIN BERTIE ?
PAS GRAND-CHOSE. SINON QUE LES FALAISES DOIVENT ÊTRE BELLES AU SOLEIL COUCHANT... ON RENTRE.
TELEPHONE
LOUTTE-OLEFFE 93

LE SOIR MÊME...
QUELLE MAJESTÉ SE DÉGAGE DE CETTE NATURE SAUVAGE! QUELLE IMMENSITÉ! QUELLE... QUELLE... EUH!
CE LIEU PARAÎT CONVENIR À VOTRE TEMPÉRAMENT ROMANTIQUE WINNIE. VOUS PERMETTEZ QUE JE VOUS APPELLE WINNIE ?
OUI, BIEN SÛR...
LA NUIT VA TOMBER. ON VA S'INQUIÉTER À BLAIRMORE CASTLE!
ET JERVAS QUI A HORREUR QU'ON ARRIVE EN RETARD POUR LE DÎNER...
EN COUPANT PAR ICI, NOUS DEVRIONS RETROUVER LE CHEMIN OÙ NOUS AVONS LAISSÉ LA VOITURE...
MON DIEU, MON CHAPEAU...
RASSUREZ-VOUS, WINNIE, JE VAIS VOUS LE RAMENER!
RRROOAAWW
!?
POOAAW
OOOH! MY GOD!
LOUTTE-OLEFFE 93

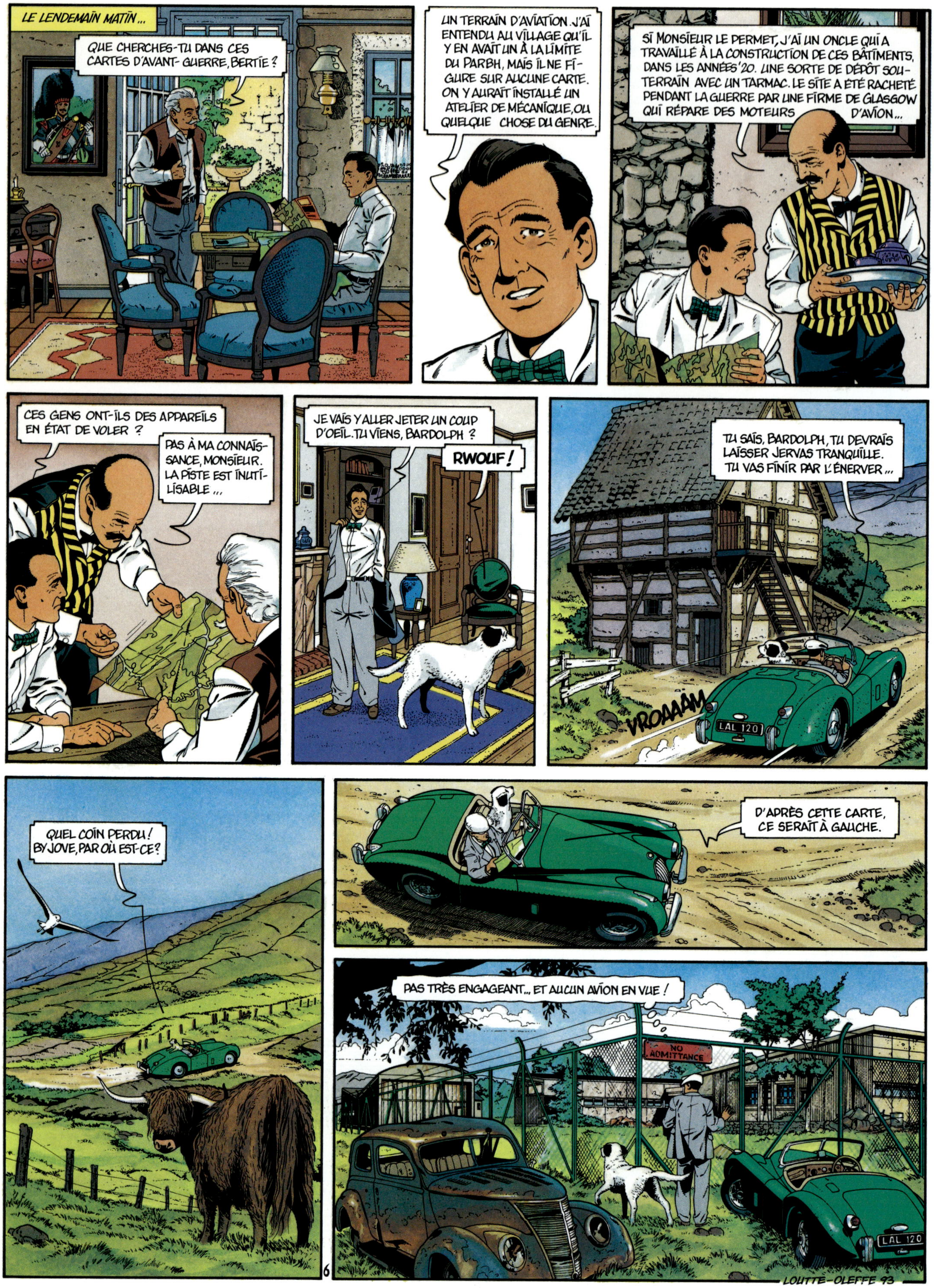
LE LENDEMAIN MATIN...
QUE CHERCHES-TU DANS CES CARTES D'AVANT-GUERRE, BERTIE ?
UN TERRAIN D'AVIATION. J'AI ENTENDU AU VILLAGE QU'IL Y EN AVAIT UN À LA LIMITE DU PARBH, MAIS IL NE FIGURE SUR AUCUNE CARTE. ON Y AURAIT INSTALLÉ UN ATELIER DE MÉCANIQUE, OU QUELQUE CHOSE DU GENRE.
SI MONSIEUR LE PERMET, J'AI UN ONCLE QUI A TRAVAILLÉ À LA CONSTRUCTION DE CES BÂTIMENTS, DANS LES ANNÉES '20. UNE SORTE DE DÉPÔT SOUTERRAIN AVEC UN TARMAC. LE SITE A ÉTÉ RACHETÉ PENDANT LA GUERRE PAR UNE FIRME DE GLASGOW QUI RÉPARE DES MOTEURS D'AVION...
CES GENS ONT-ILS DES APPAREILS EN ÉTAT DE VOLER ?
PAS À MA CONNAISSANCE, MONSIEUR. LA PISTE EST INUTILISABLE ...
JE VAIS Y ALLER JETER UN COUP D'OEIL. TU VIENS, BARDOLPH ?
RWOUF !
TU SAIS, BARDOLPH, TU DEVRAIS LAISSER JERVAS TRANQUILLE. TU VAS FINIR PAR L'ÉNERVER ...
VROAAAM
LAL 120
QUEL COIN PERDU ! BY JOVE, PAR OÙ EST-CE ?
D'APRÈS CETTE CARTE, CE SERAIT À GAUCHE.
PAS TRÈS ENGAGEANT... ET AUCUN AVION EN VUE !
NO ADMITTANCE
LAL 120
LOUTTE-OLEFFE 93

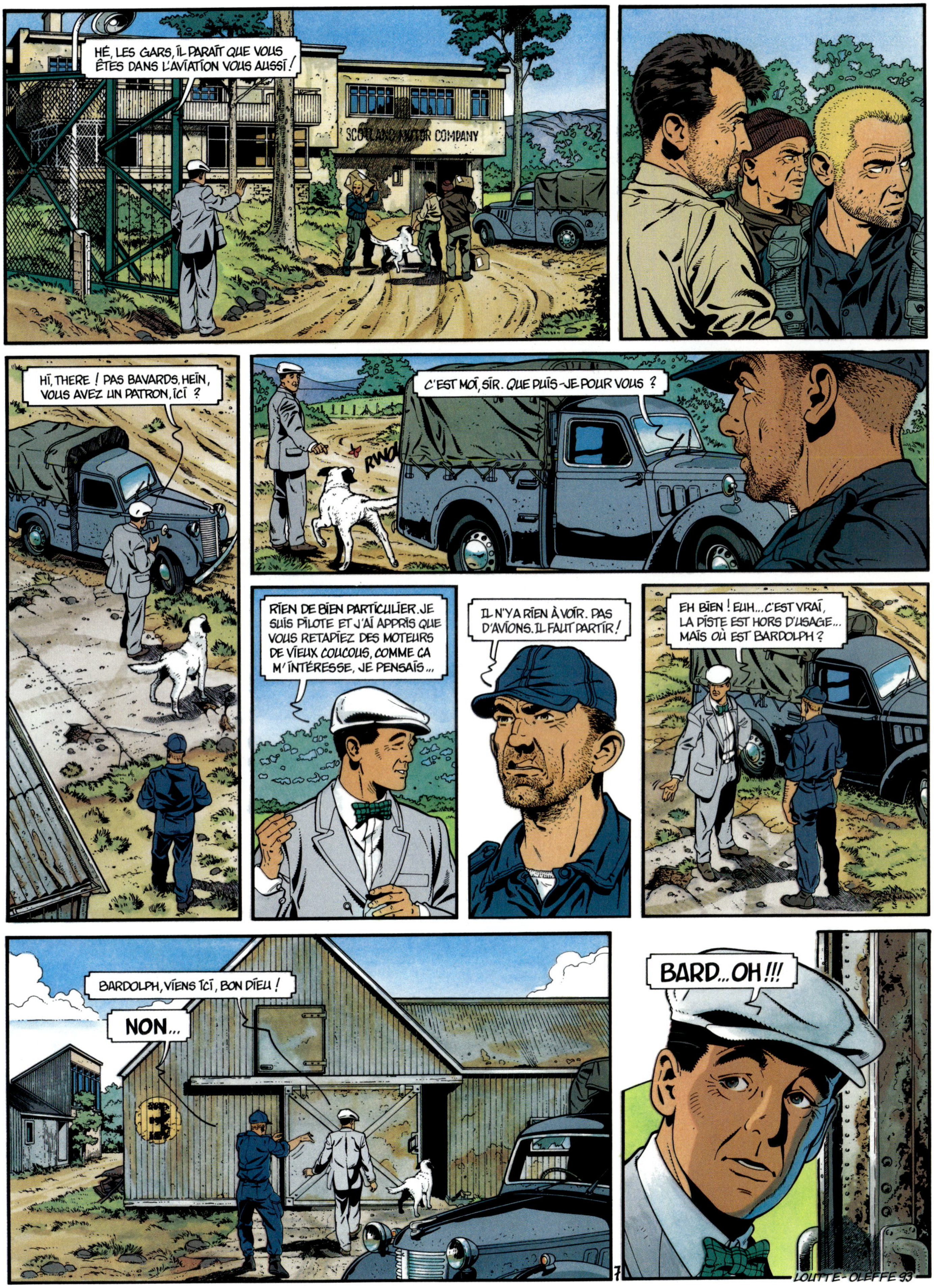
HÉ, LES GARS, IL PARAÎT QUE VOUS ÊTES DANS L'AVIATION VOUS AUSSI !
HI, THERE ! PAS BAVARDS, HEIN, VOUS AVEZ UN PATRON, ICI ?
C'EST MOI, SIR. QUE PUIS-JE POUR VOUS ?
RIEN DE BIEN PARTICULIER. JE SUIS PILOTE ET J'AI APPRIS QUE VOUS RETAPIEZ DES MOTEURS DE VIEUX COUCOUS, COMME ÇA M'INTÉRESSE, JE PENSAIS...
IL N'Y A RIEN À VOIR. PAS D'AVIONS. IL FAUT PARTIR !
EH BIEN ! EUH... C'EST VRAI, LA PISTE EST HORS D'USAGE... MAIS OÙ EST BARDOLPH ?
BARDOLPH, VIENS ICI, BON DIEU !
NON...
BARD...OH !!!
LOUTTE-OLEFFE 93

ÇA ALORS !!!
TOUT CELA N'EST QUE DE LA FERRAILLE. PARTEZ, MAINTENANT ...
...C'EST PLUS QU'UN CONSEIL !
UNE CAMÉRA EN ÉTAT DE MARCHE ET DES TRACES DE CAMION ... DE LA FERRAILLE ? TU PARLES !
BARDOLPH, TU MONTES.
LAL 120
VRAIMENT PAS SYMPAS CES TYPES. JE FLAIRE DU LOUCHE !
ENFIN, UNE CHOSE EST CERTAINE, IL N'Y A PAS D'AVION PAR ICI ...
LAL 120
LOUTTE-OLEFFE 93

TIENS, ON EST PLUS PRÈS DE LA MER QUE JE NE LE PENSAIS !
EN SUIVANT LA CÔTE, NOUS SERONS PLUS RAPIDEMENT AU CHÂTEAU, N'EST-CE PAS BARD' ?
GROUMPF !
WOW ! LA ROUTE DEVIENT DANGEREUSE. UNE SECONDE D'INATTENTION ET...
GOOD HEAVENS... LES FREINS... PLUS DE FREINS !!
CLANG
BRAOM
GOOD LORD !!
BOB JOHNSON WHISKY
ON... ON A EU DE LA CHANCE, BARDOLPH. QUAND JE PENSE QUE LA VOITURE VENAIT D'ÊTRE RÉVISÉE...
RWOUF !
9
LOUTTE-OLEFFE 93

LONDRES, LE MÊME SOIR. DANS LE BUREAU DU GROUP CAPTAIN RAYMOND, À SCOTLAND YARD.
VOILÀ, MESSIEURS, VOUS EN SAVEZ AUTANT QUE MOI SUR CETTE ÉTRANGE AFFAIRE. AVEZ-VOUS DES QUESTIONS À POSER ?
COMMENT POUVEZ-VOUS ÊTRE SÛR QUE C'EST LE WALLENSTEIN QUE CES ESPIONS RECHERCHENT EN SECRET ?
OUI, ÇA PARAÎT INVRAISEMBLABLE ET SUR LE TERRITOIRE BRITANNIQUE DE SURCROÎT !
UN DE NOS AGENTS À BUENOS-AIRES NOUS A SIGNALÉ LE DÉPART POUR L'ALLEMAGNE D'UN CERTAIN RODRIGUEZ, DE SON VRAI NOM ... HERMANN SCHWACHE. OR, UN TEL NOM FIGURE SUR LA LISTE DE L'ÉQUIPAGE DU WALLENSTEIN. IL POURRAIT DONC S'AGIR D'UN RESCAPÉ QUE L'ON A RAPPELÉ POUR RETROUVER L'ÉPAVE ...
C'EST PEUT-ÊTRE UNE COÏNCIDENCE... ET SI CE TYPE AVAIT SIMPLEMENT ENVIE DE RENTRER AU PAYS ?
NÉGATIF. IL EST RECHERCHÉ POUR CRIME CONTRE L'HUMANITÉ. ET PUIS, IL Y A LE NOM DE CETTE OPÉRATION ...
COMMENT CELA ?
UN DE NOS CONTACTS À BERLIN A PU APPRENDRE LE NOM-CODE DU MYSTÉRIEUX PROJET QUE CES ANCIENS NAZIS SONT EN TRAIN DE MONTER DERRIÈRE NOTRE DOS : OPÉRATION EGRA...
JE NE VOIS TOUJOURS PAS LE RAPPORT AVEC LE WALLENSTEIN ?
SI, OLD CHAPS. C'EST À EGRA, EN BOHÊME, QUE FUT ASSASSINÉ, EN 1634, LE GÉNÉRALISSIME ALBERT, DUC DE FRIEDLAND, DE SAGAN ET DE MECKLEMBOURG, COMTE DE ... WALLENSTEIN !
THE DEVIL !
QUOI !
DRIiNG
10
ALLÔ... RAYMOND ? MES RESPECTS... BIGGLES EST-IL ENCORE AU YARD ? DANS VOTRE BUREAU ! SUPERBE... POUVEZ-VOUS ME LE PASSER ?
LOUTTE-OLEFFE 93

COMMENT ÇA, TA VOITURE A ÉTÉ SABOTÉE ? TU AS DÛ FORCER SUR LE WHISKY, CHER BERTIE !
NON, JE T'ASSURE... JE SUIS CERTAIN QU'ON A CISAILLÉ LES CÂBLES DES FREINS DE MA JAGUAR. CE DOIT ÊTRE À CAUSE DE CETTE CAMÉRA DANS LE HANGAR.
UN AVION FANTÔME, UNE BASE DÉSAFFECTÉE, DES TYPES BIZARRES, UNE CAMÉRA D'AVIATION, UN SABOTAGE... C'EST VRAI QUE CELA FAIT BEAUCOUP TROP DE CHOSES. JE TE RAPPELLE, MY FRIEND !
CAPTAIN, J'AI TOUT LIEU DE CROIRE QUE BERTIE A MIS INVOLONTAIREMENT LE DOIGT SUR QUELQUE CHOSE DE TRÈS IMPORTANT ET QUI POURRAIT AVOIR À FAIRE AVEC NOTRE ENQUÊTE SUR LE WALLENSTEIN. APRÈS TOUT, POURQUOI NE PAS COMMENCER PAR LÀ ?
OK, BOYS, MAIS PAS DE PRÉCIPITATION. LAISSEZ À LISSIE LE TEMPS DE SE REMETTRE ET PRÉPAREZ VOTRE ENQUÊTE. IL N'Y A QU'UNE CHANCE SUR MILLE POUR QUE CE SOIT CE QUE NOUS CHERCHONS...
DIS, BIGGLES, TU PENSES AUSSI QU'ON DEVRAIT PARTIR TOUT DE SUITE ?
LE TEMPS DE FAIRE NOS VALISES, LES GARS, ET NOUS FILONS REJOINDRE BERTIE. J'AI L'INTUITION QUE NOUS SOMMES SUR UNE PISTE SÉRIEUSE...
YIPEEE !
DEUX JOURS PLUS TARD, EN ECOSSE.
VROAM
11
LOUTTE-OLEFFE 93

REGARDE, BOBBY, TOUTE L'ÉQUIPE DE BIGGLES EST ARRIVÉE !
C'EST GÉNIAL ! QUAND ON RACONTERA TOUT ÇA, DEMAIN, AUX COPAINS !
SOYEZ LES BIENVENUS CHEZ LES Mc GILLIVRAY, GENTLEMEN. VOUS ACCUEILLIR EST UN HONNEUR POUR CETTE HUMBLE MAISON ...
OH, JERVAS ! OCCUPEZ-VOUS DES BAGAGES DE NOS HÔTES, JE VOUS PRIE...
EUH ! CERTAINLY, SIR ...
CE VIEUX BARDOLPH, TOUJOURS DE LA PARTIE, HEIN ! EH...EH...
RWOUF !
OOOPS !
GLONG
SO SORRY, JERVAS. BY JOVE, QU'EST-CE QUI SE PASSE ICI ?
GROUMPF !
12
VOILÀ, MESSIEURS, CETTE PIÈCE VOUS SERVIRA DE "WAR ROOM." J'Y AI FAIT AMÉNAGER DES PANNEAUX, DES TABLES ET PLUSIEURS APPAREILS TÉLÉPHONIQUES. J'ESPÈRE QUE ÇA SUFFIRA ?
C'EST PLUS QUE NOUS N'EN ESPÉRIONS, SIR SEAMUS...
NOUS ALLONS NOUS METTRE TRÈS VITE AU TRAVAIL.
LOUTTE-OLEFFE 93

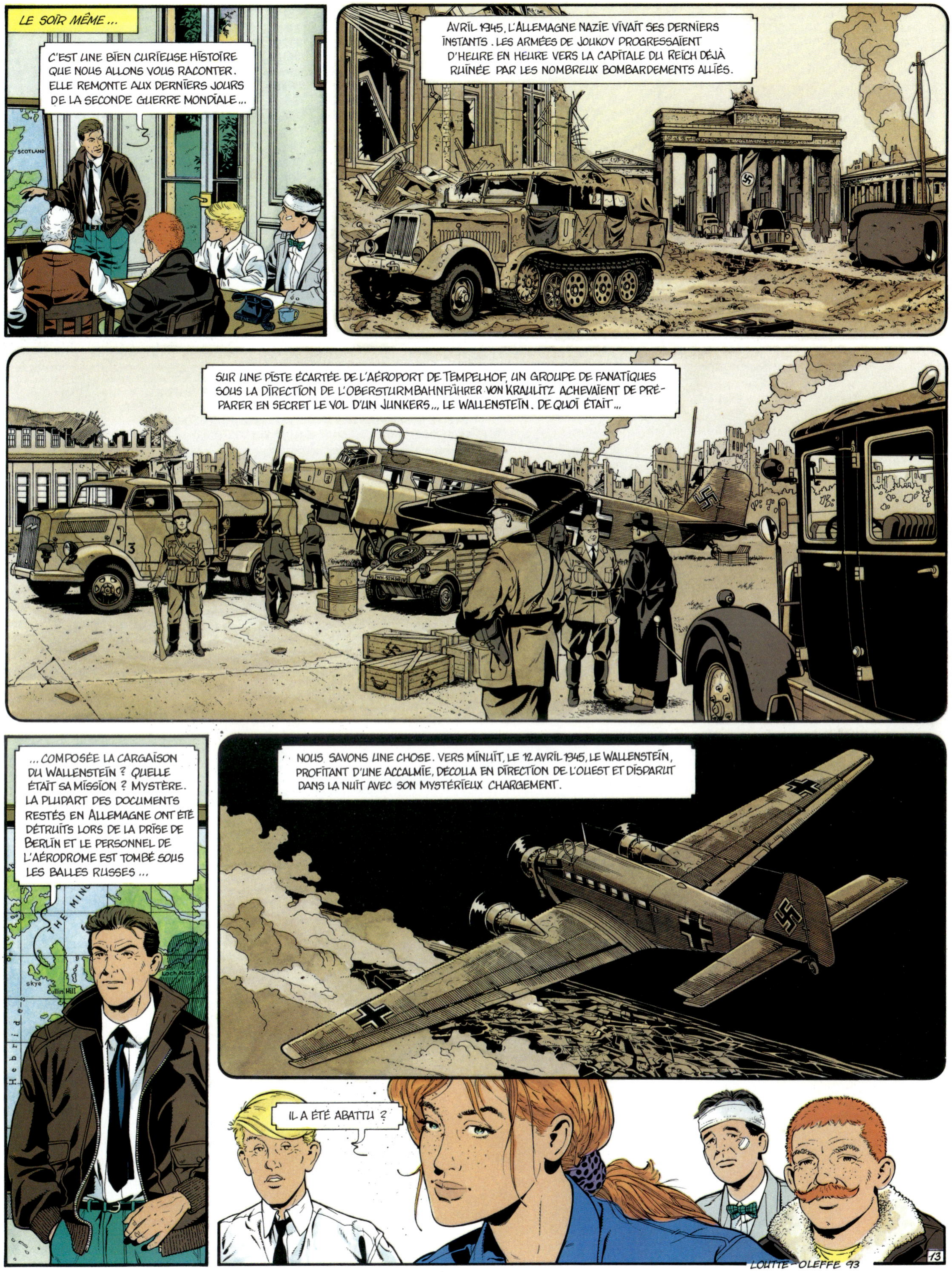
LE SOIR MÊME ...
C'EST UNE BIEN CURIEUSE HISTOIRE QUE NOUS ALLONS VOUS RACONTER. ELLE REMONTE AUX DERNIERS JOURS DE LA SECONDE GUERRE MONDIALE...
SCOTLAND
AVRIL 1945, L'ALLEMAGNE NAZIE VIVAIT SES DERNIERS INSTANTS. LES ARMÉES DE JOUKOV PROGRESSAIENT D'HEURE EN HEURE VERS LA CAPITALE DU REICH DÉJÀ RUINÉE PAR LES NOMBREUX BOMBARDEMENTS ALLIÉS.
SUR UNE PISTE ÉCARTÉE DE L'AÉROPORT DE TEMPELHOF, UN GROUPE DE FANATIQUES SOUS LA DIRECTION DE L'OBERSTURMBAHNFÜHRER VON KRAULITZ ACHEVAIENT DE PRÉPARER EN SECRET LE VOL D'UN JUNKERS... LE WALLENSTEIN. DE QUOI ÉTAIT...
... COMPOSÉE LA CARGAISON DU WALLENSTEIN ? QUELLE ÉTAIT SA MISSION ? MYSTÈRE. LA PLUPART DES DOCUMENTS RESTÉS EN ALLEMAGNE ONT ÉTÉ DÉTRUITS LORS DE LA PRISE DE BERLIN ET LE PERSONNEL DE L'AÉRODROME EST TOMBÉ SOUS LES BALLES RUSSES...
Loch Ness
Skye
Cullin Hill
Hebrides
NOUS SAVONS UNE CHOSE. VERS MINUIT, LE 12 AVRIL 1945, LE WALLENSTEIN, PROFITANT D'UNE ACCALMIE, DÉCOLLA EN DIRECTION DE L'OUEST ET DISPARUT DANS LA NUIT AVEC SON MYSTÉRIEUX CHARGEMENT.
IL A ÉTÉ ABATTU ?
LOUTTE - OLEFFE 93
13

NON, MILADY. MAIS CURIEUSEMENT, NOUS SAVONS PRESQUE PLUS DE CHOSES SUR LE WALLENSTEIN À PARTIR DE SON ENTRÉE DANS L'ESPACE AÉRIEN BRITANNIQUE ...
COMMENT CELA ? CET AVION SE RENDAIT EN ANGLETERRE ?
REGARDEZ BIEN CETTE CARTE. EN RECOUPANT UNE SÉRIE DE TÉMOIGNAGES, LES EXPERTS DE LA ROYAL NAVY ONT PU RECONSTITUER LE VOL DU WALLENSTEIN AVEC UNE PRÉCISION PRESQUE MATHÉMATIQUE. IL SEMBLE QU'IL SE SOIT DIRIGÉ VERS LE NORD DE L'ECOSSE ...
DURNESS
Port of Ness
Barvas
Stornoway
THE MINCH
Tongue
HIGHLAND REGION
Helmsdale
ULLAPOOL
Lairg
Achnasheen
INVERNESS
Invergarry
Fort William
APRÈS AVOIR SURVOLÉ LA CÔTE OUEST DES HIGHLANDS, L'APPAREIL A MIS LE CAP VERS UNE DESTINATION INCONNUE, PEUT-ÊTRE L'ISLANDE, OÙ IL POURRAIT AVOIR EU RENDEZ-VOUS AVEC UN SOUS-MARIN DE LA KRIEGSMARINE. ICI, ON SE PERD EN CONJECTURES. LE DERNIER ...
Rubh' Aird an t-Sionnaich
REAY FOREST
Loch Crocach
EDDRACHILLIS BAY
Point of Stoer
Meall Mor
Calbha Beag
Eilean Chrona
Oldany Island
Loch Poll
QUINAG
CLASHMORE
Bay of Stoer
Lochassynt Lodge
Meall an Fhuarain
BEN KLIBRECK
Loch Choire
Loch nanClar
Loch an Alltan Fhearna
Allt nan Achaidhean
BORROBOL FOREST
BRROOOWW
...TÉMOIGNAGE OCULAIRE EST CELUI D'UN BATEAU DE PÊCHE QUI CROISAIT CE JOUR-LÀ DANS LE MINCH. UNE TEMPÊTE TERRIBLE S'ÉTAIT LEVÉE, UN VRAI DÉLUGE D'APRÈS LES ARCHIVES DE LA MÉTÉOROLOGIE QUE LA NAVY A CONSERVÉES.
CN253
MANON PEARL
ET ALORS ?
LE WALLENSTEIN DISPARUT CORPS ET BIENS QUELQUE PART PRÈS DE LA CÔTE DES HÉBRIDES. ET, PARADOXALEMENT, C'EST LÀ QUE LE MYSTÈRE REBONDIT !
COMMENT CELA ?
14
LOUTTE-OLEFFE 93

LES SERVICES SECRETS ET SCOTLAND YARD ONT TOUT LIEU DE CROIRE QU'UN COMMANDO D'ANCIENS NAZIS RECHERCHENT ACTUELLEMENT L'ÉPAVE D'UN AVION... LE WALLENSTEIN...
WALLENSTEIN" INVESTIGATION
C'EST INVRAISEMBLABLE. ET LE GOUVERNEMENT LAISSE FAIRE ?
NOUS NE SAVONS PAS OÙ ILS CHERCHENT. ENCORE QU'IL SOIT PROBABLE QU'ILS OPÈRENT ENTRE ICI ET LES HÉBRIDES. ET PUIS, UN QUADRILLAGE INTENSIF RISQUERAIT D'ATTIRER L'ATTENTION: IL VAUT MIEUX TRAVAILLER DISCRÈTEMENT...
INNER HEBRIDES
NORTHERN IRELAND
C'EST LÀ OÙ INTERVIENNENT LES TYPES DU TERRAIN DÉSAFFECTÉ. IL FAUT DIRE QUE DANS LE GENRE DISCRET, ILS N'AURAIENT PAS PU CHOISIR UN LIEU PLUS DÉSOLÉ !
NOUS ALLONS NOUS RÉPARTIR LE TRAVAIL... GINGER OBSERVERA LA CÔTE, À L'ENDROIT OÙ L'ON A APERÇU L'AVION FANTÔME. ALGY S'EFFORCERA DE RÉUNIR UN MAXIMUM DE TÉMOIGNAGES DANS LES ENVIRONS. BERTIE ET MOI, NOUS NOUS EMBUSQUERONS PRÈS DU TERRAIN D'AVIATION.
PEUT-ÊTRE N'Y A-T-IL AUCUN RAPPORT ENTRE MON AFFAIRE ET LE WALLENSTEIN ?
PEUT-ÊTRE, BERTIE, MAIS IL FAUT BIEN DÉMARRER QUELQUE PART !
LE LENDEMAIN. ALORS QUE GINGER ET ALGY ONT REJOINT LEURS POSTES RESPECTIFS, BIGGLES ET BERTIE S'APPROCHENT DU TERRAIN DÉSAFFECTÉ.
MML 149
MML 14
TIENS, C'EST CURIEUX ?
QUOI DONC, BERTIE ?
2
LOUTTE-OLEFFE 93
15

IL Y A BEAUCOUP PLUS DE FÛTS D'ESSENCE SUR LA PISTE QUE LORS DE MA PREMIÈRE VISITE !
TU VOIS, LÀ, À DROITE. ILS N'Y ÉTAIENT PAS, J'EN SUIS SÛR !
TIENS, DE LA VISITE ...
JHH 165
UNE NOUVELLE LIVRAISON... QUELQUES BIDONS !
Mc GUIRE, MARCHAND DE COMBUSTIBLES À DURNESS. NOTONS CELA À TOUT HASARD...
Mc GUIRE
FUEL & COAL
DURNESS
B
ENCORE UN CAMION, ÇA FAIT LE TROISIÈME EN DEUX JOURS !
UN TRANSPORT DE KINLOCHBERVIE. TOUJOURS DE L'ESSENCE ! QU'EST-CE QU'ILS PEUVENT BIEN EN FAIRE. C'EST PAS AVEC LEURS ESSAIS DE MOTEURS QU'ILS EN CONSOMMENT UNE TELLE QUANTITÉ...
E. NESS
FUEL
KINLOCHBERVIE
AJF 270
LOUTTE-OLEFFE 93
16
LE CARBURANT EST LIVRÉ CHAQUE FOIS PAR GROUPE DE QUELQUES FÛTS ET PAR DES GROSSISTES DIFFÉRENTS. QU'EST CE QUE CELA PEUT BIEN CACHER ?

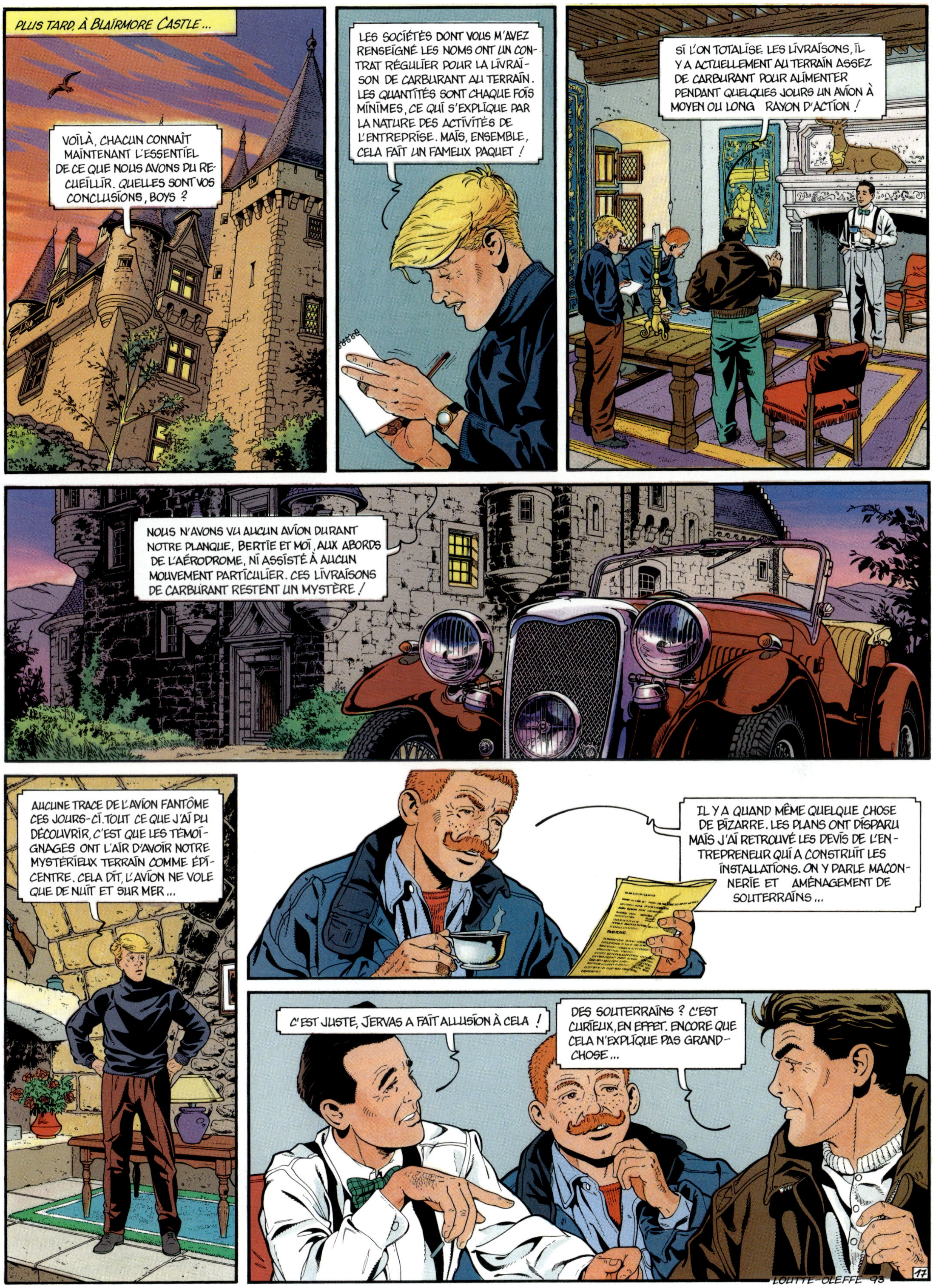
PLUS TARD, À BLAIRMORE CASTLE ...
VOILÀ, CHACUN CONNAÎT MAINTENANT L'ESSENTIEL DE CE QUE NOUS AVONS PU RECUEILLIR. QUELLES SONT VOS CONCLUSIONS, BOYS ?
LES SOCIÉTÉS DONT VOUS M'AVEZ RENSEIGNÉ LES NOMS ONT UN CONTRAT RÉGULIER POUR LA LIVRAISON DE CARBURANT AU TERRAIN. LES QUANTITÉS SONT CHAQUE FOIS MINIMES, CE QUI S'EXPLIQUE PAR LA NATURE DES ACTIVITÉS DE L'ENTREPRISE. MAIS, ENSEMBLE, CELA FAIT UN FAMEUX PAQUET !
SI L'ON TOTALISE LES LIVRAISONS, IL Y A ACTUELLEMENT AU TERRAIN ASSEZ DE CARBURANT POUR ALIMENTER PENDANT QUELQUES JOURS UN AVION À MOYEN OU LONG RAYON D'ACTION !
NOUS N'AVONS VU AUCUN AVION DURANT NOTRE PLANQUE, BERTIE ET MOI, AUX ABORDS DE L'AÉRODROME, NI ASSISTÉ À AUCUN MOUVEMENT PARTICULIER. CES LIVRAISONS DE CARBURANT RESTENT UN MYSTÈRE !
AUCUNE TRACE DE L'AVION FANTÔME CES JOURS-CI. TOUT CE QUE J'AI PU DÉCOUVRIR, C'EST QUE LES TÉMOIGNAGES ONT L'AIR D'AVOIR NOTRE MYSTÉRIEUX TERRAIN COMME ÉPICENTRE. CELA DIT, L'AVION NE VOLE QUE DE NUIT ET SUR MER ...
IL Y A QUAND MÊME QUELQUE CHOSE DE BIZARRE. LES PLANS ONT DISPARU MAIS J'AI RETROUVÉ LES DEVIS DE L'ENTREPRENEUR QUI A CONSTRUIT LES INSTALLATIONS. ON Y PARLE MAÇONNERIE ET AMÉNAGEMENT DE SOUTERRAINS ...
C'EST JUSTE, JERVAS A FAIT ALLUSION À CELA !
DES SOUTERRAINS ? C'EST CURIEUX, EN EFFET. ENCORE QUE CELA N'EXPLIQUE PAS GRAND-CHOSE ...
LOUTTE-OLEFFE 93
17

IL N'Y A QU'UNE SOLUTION, ALLER VOIR !
VOUS AVEZ RAISON, SIR SEAMUS. PRENONS UN PEU DE REPOS ET FILONS. DÉPART À TROIS HEURES DU MATIN.
ALLONS, BERTIE, ON N'ATTEND PLUS QUE TOI !
C'EST BARDOLPH, IL M'AVAIT PRIS MA CHAUSSURE ...
NVX 371
BIEN, LA VOITURE EST DISSIMULÉE. CHACUN CONNAIT SON BOULOT. IL EST TROIS HEURES TRENTE-CINQ...
GINGER, À TOI. ACTION À QUATRE HEURES DIX !
O.K. !
IL Y A UNE SORTE DE FOSSÉ JUSQU'À CETTE CLÔTURE, ALLONS-Y ...
LOUTTE - OLEFFE 93
18

ATTENTION, UN GARDE !
QUATRE HEURES NEUF. GINGER NE DEVRAIT PLUS TARDER !
BLONK
!
VOILÀ LE BUREAU...
VITE, FAITES UN MAXIMUM DE PHOTOS... JE... OH !
19
LOUTTE-OLEFFE 93

EGRA
Deutsche Volkssturm tritt an
it allen Waffen und Mitteln
les Führers | Jeder Ma
Bolschew
ir Sowjetpanzer
461-17825 5
Wallenstei
FORMIDABLE, ON A MIS DANS LE MILLE ...
BIGGLES, VIENS VOIR ...
PLANNING
REGARDE CETTE CARTE !
Stornoway
Callanish
LEWIS
Tarbert
Harris
Leverburgh
North Uist
Lochmaddy
Benbecula
Dunrobin Castle
Staffin
Uig
Portree
Applecross
Gairloch
Inverewe Gardens
Loch Maree
Kinlochewe
Torridon
Shieldaig
Lochcarron
Achnasheen
Ullapool
Lochinver
Kilesku
Ben More Assynt
Brora
Golspie
Dunrobin
Embo
Dornoch
Bonar Bridge
Tain
Moray Firth
Cromarty
Black Isle
Nairn
Garve
Strathpeffer
Muir of Ord
Beauly
Cawdor
NORTH
DES ZONES QUADRILLÉES ET DES DATES... C'EST INESPÉRÉ !
VITE, ALGY, FAIS-MOI UNE PHOTO !
V-ROO...iii
ATTENTION, ON VIENT !
THE DEVIL, PLUS LE TEMPS...
LOUTTE-OLEFFE 93

IST KARL SCHON FERTIG ?
JA, HERR STURMFÜHRER.
CLIK
VIELLEICHT DIESMAL, HERR STURMFÜHRER !
ICH HOFFE ES...
ILS S'EN VONT !
OUF, NOUS L'AVONS ÉCHAPPÉ BELLE !
THE HELL ! ILS ONT EMPORTÉ LA CARTE ...
IL VAUT MIEUX FILER. SI J'AI BIEN COMPRIS, IL VA BIENTÔT SE PASSER QUELQUE CHOSE...
21
LOUTTE-OLEFFE 93

KL0741
SCHNELL! SCHNELL!
ATTENTION, PLANQUEZ-VOUS!
VOILÀ LE HANGAR OÙ J'AI VU LA CAMÉRA. CACHONS-NOUS LÀ-DEDANS!
QUE SIGNIFIENT TOUTES CES TRACES DE CAMION ?
HEY, CHAPS! VENEZ VOIR. IL Y A UNE SORTE DE PLAN INCLINÉ PAR ICI...
OH!
22
LOUTTE-OLEFFE 93

UN ARADO !!
L'AVION MYSTÉRIEUX !
REGARDEZ, IL EST ENTIÈREMENT PEINT EN NOIR ET SANS LA MOINDRE IMMATRICULATION ...
CACHONS-NOUS, ON VIENT.
BRAAT
INCROYABLE ! LE TUNNEL DOIT DÉBOUCHER AU PIED DE LA FALAISE... FILONS !
WROOHAAR...
AAARWROAA
LOUTTE - OLEFFE 93

HURRY UP, GUYS, TIRONS-NOUS D'ICI...
OÙ ÊTES-VOUS RESTÉS ? JE COMMENÇAIS À ME FAIRE UN SANG D'ENCRE...
ON ÉTAIT INVITÉS À UNE FÊTE AÉRIENNE.
VITE, AU CHÂTEAU, IL N'Y A PLUS UNE MINUTE À PERDRE...
SIR SEAMUS VA REGRETTER DE NOUS AVOIR ACCORDÉ L'HOSPITALITÉ...
AVANT TOUTES CHOSES, ESSAYONS DE RECONSTITUER LA CARTE QUE NOUS AVONS APERÇUE DANS LE BUREAU DE CES BANDITS. LES ZONES HACHURÉES ET LES ZONES RESTÉES VIERGES... TON AVIS BERTIE ?
J'AI PU EXAMINER LA CARTE PENDANT QUELQUES SECONDES. CETTE PARTIE-LÀ NE PORTAIT PAS D'INDICATIONS...
Tarbert
North Uist
Sea of the Hebrides
PROBABLEMENT LES DERNIÈRES ZONES À QUADRILLER. CELA PROUVE AU MOINS DEUX CHOSES. QUE LES ALLEMANDS NE SAVENT PAS EXACTEMENT OÙ EST L'ÉPAVE... ET QU'ILS NE L'ONT PAS ENCORE TROUVÉE... J'APPELLE RAYMOND.
CLIK CLIK
LOUTTE-OLEFFE 93

AH, C'EST VOUS, OLD BOY ! VOUS ÊTES MATINAL AUJOURD'HUI... COMMENT ? UN AVION DE RECONNAISSANCE ? LE PLUS VITE POSSIBLE ...
...RIEN QUE CELA ?
NOUS SOMMES SUR LA PISTE DU WALLENSTEIN, CAPTAIN. SI NOUS VOULONS GAGNER LES ALLEMANDS DE VITESSE, NOUS DEVONS DÉMARRER LES RECONNAISSANCES AU PLUS VITE !
WELL, COMPTEZ SUR MOI, BIGGLES. LE TEMPS D'OBTENIR LES DIVERSES AUTORISATIONS ...
ET L'APRÈS-MIDI...
RAYMOND A FAIT VITE... IL EN A TROUVÉ UN QUI A L'AIR D'UN AVION DE TOURISME... UN LYSANDER !
LE VOILÀ !
IL VA DEVOIR SE POSER SUR LE HAUT DE CETTE COLLINE.
BRROOAMM
RAYMOND NOUS A PROMIS UNE LIVRAISON D'ESSENCE POUR CE SOIR. NOUS POUVONS COMMENCER LES RECHERCHES EN MER ...
25
LOUTTE-OLEFFE 93

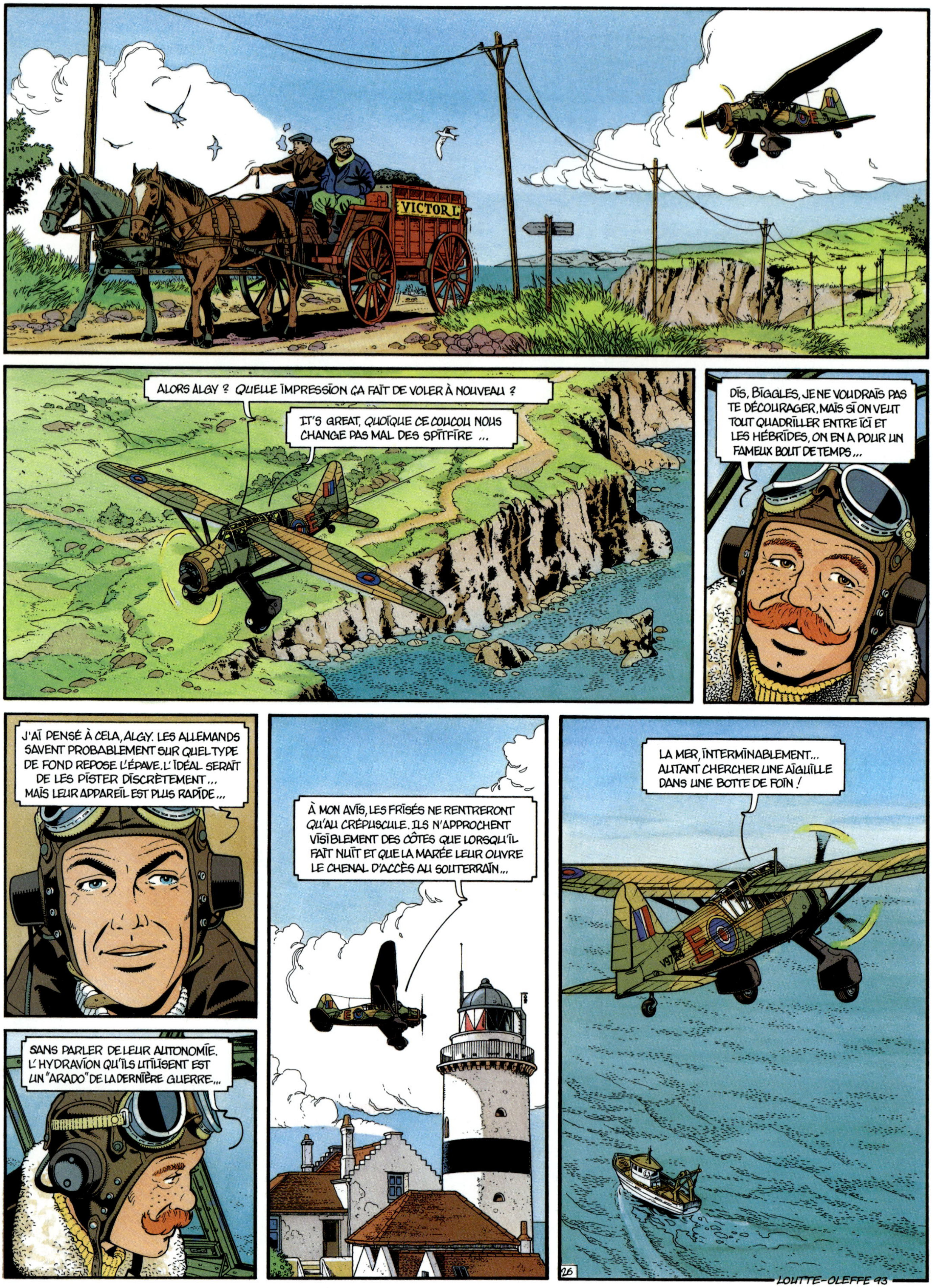
VICTOR L.
ALORS ALGY ? QUELLE IMPRESSION ÇA FAIT DE VOLER À NOUVEAU ?
IT'S GREAT, QUOIQUE CE COUCOU NOUS CHANGE PAS MAL DES SPITFIRE ...
DIS, BIGGLES, JE NE VOUDRAIS PAS TE DÉCOURAGER, MAIS SI ON VEUT TOUT QUADRILLER ENTRE ICI ET LES HÉBRIDES, ON EN A POUR UN FAMEUX BOUT DE TEMPS...
J'AI PENSÉ À CELA, ALGY. LES ALLEMANDS SAVENT PROBABLEMENT SUR QUEL TYPE DE FOND REPOSE L'ÉPAVE. L'IDÉAL SERAIT DE LES PISTER DISCRÈTEMENT... MAIS LEUR APPAREIL EST PLUS RAPIDE...
SANS PARLER DE LEUR AUTONOMIE. L'HYDRAVION QU'ILS UTILISENT EST UN "ARADO" DE LA DERNIÈRE GUERRE...
À MON AVIS, LES FRISÉS NE RENTRERONT QU'AU CRÉPUSCULE. ILS N'APPROCHENT VISIBLEMENT DES CÔTES QUE LORSQU'IL FAIT NUIT ET QUE LA MARÉE LEUR OUVRE LE CHENAL D'ACCÈS AU SOUTERRAIN...
LA MER, INTERMINABLEMENT... AUTANT CHERCHER UNE AIGUILLE DANS UNE BOTTE DE FOIN !
26
LOUTTE-OLEFFE 93

DEUX JOURS PLUS TARD...
♪ THERE WERE THREE BROTHERS IN MERRY SCOTLAND ♪
TU EN CONNAIS ENCORE BEAUCOUP COMME ÇA, BERTIE ?
MY CANDYMAN, HE'S BEEN AND GONE ... ♪
J'AI L'IMPRESSION DE PERDRE UN TEMPS PRÉCIEUX EN RECHERCHES INUTILES. D'AUTANT QUE L'HYDRAVION ALLEMAND RESTE OBSTINÉMENT INTROUVABLE ...
SERGENT BIGGLESWORTH ? JE SUIS CHARGÉ DE VOUS REMETTRE, DE LA PART DU CAPTAIN RAYMOND, LE MATÉRIEL RADIO QUE VOUS AVEZ COMMANDÉ...
AH, ENFIN !
DU MATÉRIEL RADIO ? POUR QUOI FAIRE ?
J'AI EU UNE IDÉE POUR REPÉRER LES ALLEMANDS. NOUS ALLONS INSTALLER UN ÉQUIPEMENT DE RADIOGONIOMÉTRIE SUR LA CÔTE DES HÉBRIDES ET UN AUTRE ICI, AU CHÂTEAU. NOUS BALAYERONS TOUTES LES FRÉQUENCES RADIO JUSQU'À CE QUE NOUS REPÉRIONS CES BANDITS. IL SUFFIRA ALORS DE CALCULER L'INTERSECTION DES LIGNES D'AZIMUT... AVEC UN PEU DE CHANCE, NOUS DEVRIONS POUVOIR LES LOCALISER ASSEZ RAPIDEMENT, JE CROIS.
J'AI PENSÉ TE PARACHUTER DÈS CE SOIR AVEC TON MATÉRIEL RADIO SUR LA CÔTE PRÈS D'ORINSAY. QU'EN DIS-TU ?
EUH ! AVEC... JOIE !
ET LE SOIR MÊME ...
27
LOUTTE-OLEFFE 98

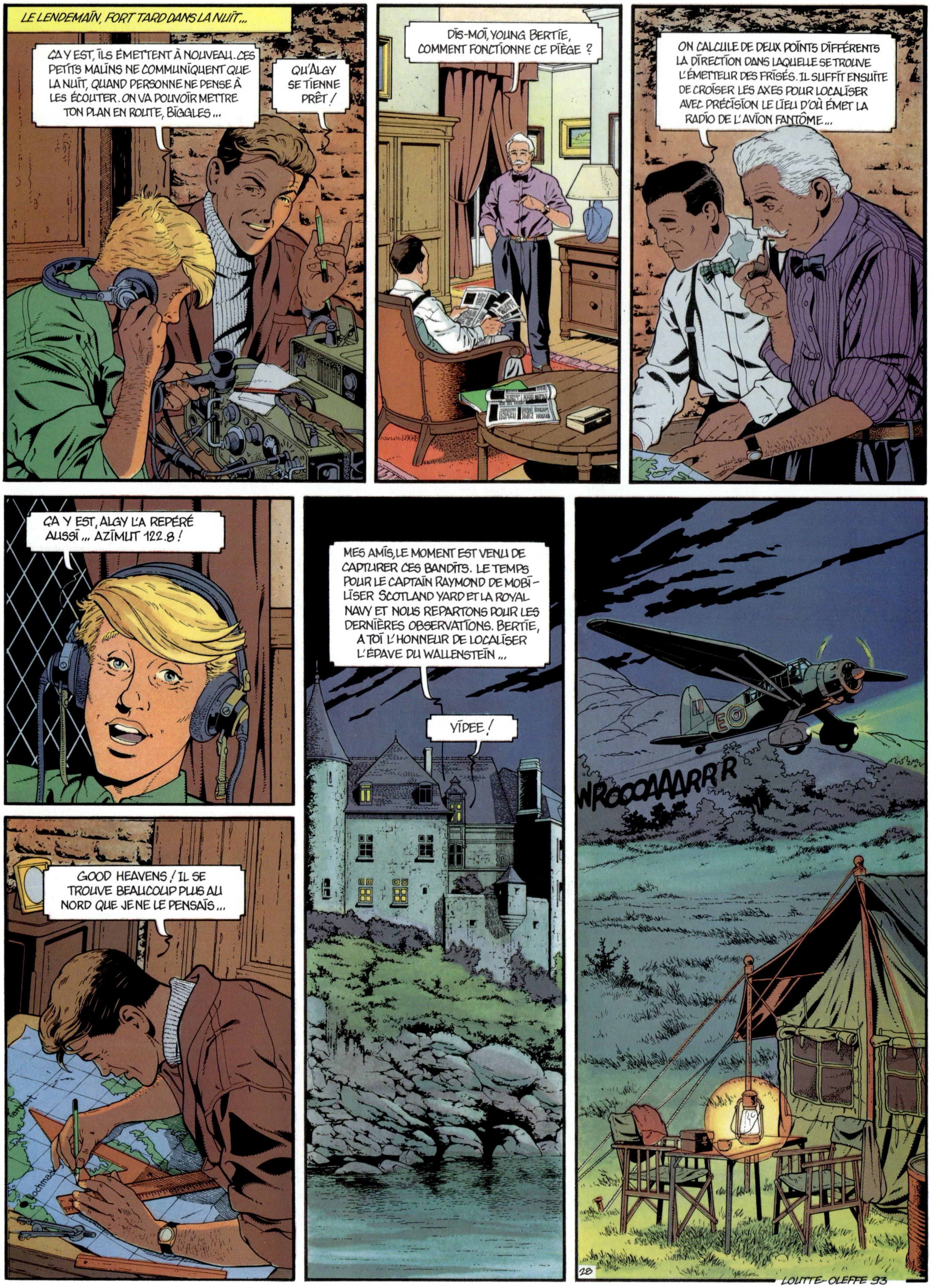
LE LENDEMAIN, FORT TARD DANS LA NUIT...
ÇA Y EST, ILS ÉMETTENT À NOUVEAU. CES PETITS MALINS NE COMMUNIQUENT QUE LA NUIT, QUAND PERSONNE NE PENSE À LES ÉCOUTER. ON VA POUVOIR METTRE TON PLAN EN ROUTE, BIGGLES...
QU'ALGY SE TIENNE PRÊT !
DIS-MOI, YOUNG BERTIE, COMMENT FONCTIONNE CE PIÈGE ?
ON CALCULE DE DEUX POINTS DIFFÉRENTS LA DIRECTION DANS LAQUELLE SE TROUVE L'ÉMETTEUR DES FRISÉS. IL SUFFIT ENSUITE DE CROISER LES AXES POUR LOCALISER AVEC PRÉCISION LE LIEU D'OÙ ÉMET LA RADIO DE L'AVION FANTÔME...
ÇA Y EST, ALGY L'A REPÉRÉ AUSSI... AZIMUT 122.8 !
GOOD HEAVENS ! IL SE TROUVE BEAUCOUP PLUS AU NORD QUE JE NE LE PENSAIS...
MES AMIS, LE MOMENT EST VENU DE CAPTURER CES BANDITS. LE TEMPS POUR LE CAPTAIN RAYMOND DE MOBILISER SCOTLAND YARD ET LA ROYAL NAVY ET NOUS REPARTONS POUR LES DERNIÈRES OBSERVATIONS. BERTIE, À TOI L'HONNEUR DE LOCALISER L'ÉPAVE DU WALLENSTEIN...
YIPEE !
WROOOAAARRR
28
LOUTTE-OLEFFE 93

À PART QUELQUES ROCHERS, ON NE PEUT PAS DIRE QU'IL Y AIT FOULE PAR ICI ! TU ES SÛR QU'ON NE S'EST PAS TROMPÉS ?
GINGER ET ALGY ONT REFAIT TROIS FOIS LES CALCULS... C'EST DANS CE GROUPE D'ÎLOTS !
INS.46
PAS D'AVION. PERSONNE. SINON CE BATEAU DE PÊCHE... TU PARLES D'UNE JOURNÉE.
V9724
TU AS RAISON, RENTRONS. NOUS AVONS JUSTE ASSEZ DE CARBURANT POUR LA ROUTE DU RETOUR...
DIS, BIGGLES, TU NE TROUVES PAS ÇA BIZARRE... UN BATEAU DE PÊCHE DANS CE COIN PERDU, À CÔTÉ D'UN ROCHER, DANS UNE ZONE SI PEU POISSONNEUSE ?
TU AS RAISON, BERTIE, JE REFAIS UN PASSAGE...
V9724
29
LOUTTE-OLEFFE 93

CE BATEAU A L'AIR ABANDONNÉ... ÉTRANGE !
JE VAIS PASSER À RAS DE L'EAU, HISTOIRE D'Y VOIR PLUS PRÈS ...
BIGGLES, DÉCROCHE, TU VAS NOUS APLATIR !!!
ÇA ALORS, IL Y A UNE SORTE DE CAVERNE AU BAS DU ROCHER ...
30
LOUTTE-OLEFFE 93

CETTE FOIS, JE VAIS LONGER LE MASSIF À LA LIMITE DES VAGUES.
VB724
?!
BRATAAHATA
AAAH!
GUT SO!
31
LOUTTE-OLEFFE 93

ON EST FICHUS. BERTIE. SAUTE! SAUTE!
BRO... BROO...
BAOW
SCRATCH
BIGGLES, HO BIGGLES, TIENS BON...
OH!?
VROOAAAR
LOUTTE-OLEFFE 93

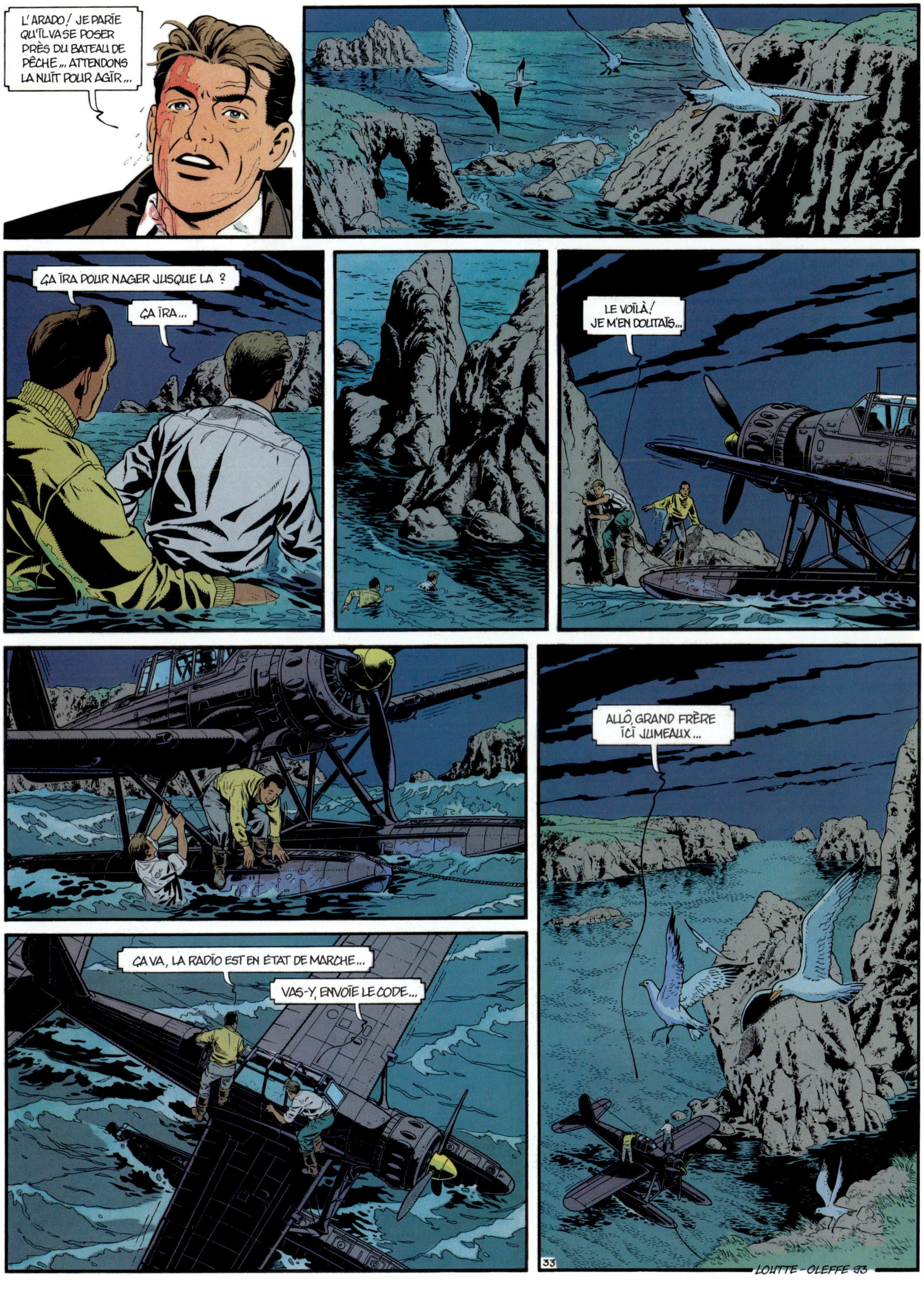
L'ARADO ! JE PARIE QU'IL VA SE POSER PRÈS DU BATEAU DE PÊCHE... ATTENDONS LA NUIT POUR AGIR...
ÇA IRA POUR NAGER JUSQUE LÀ ?
ÇA IRA...
LE VOILÀ ! JE M'EN DOUTAIS...
ÇA VA, LA RADIO EST EN ÉTAT DE MARCHE...
VAS-Y, ENVOIE LE CODE...
ALLÔ, GRAND FRÈRE ICI JUMEAUX...
33
LOUTTE - OLEFFE 93

HÉ, BERTIE, IL Y A DE LA LUMIÈRE DANS LA CAVERNE !
ALLONS VOIR ...
QU'EST-CE QUI SE PASSE LÀ-DEDANS ?
LE WALLENSTEIN !!!
34
LOUTTE-OLEFFE

C'EST INCROYABLE. MAIS D'OÙ SORTENT TOUS CES TYPES ?
DU PASSÉ, BERTIE, D'UN TERRIBLE PASSÉ !
DIEU SAIT QUELS EFFROYABLES SECRETS SE TROUVENT CONSIGNÉS DANS CES ARCHIVES !!
DAS IST DAS ENDE, MEINE HERREN !
?!
VORWÄRTS !
ENGLÄNDER HERR MAJOR.
35
LOUTTE - OLEFFE

TIENS, DE LA VISITE ! VOUS ARRIVEZ TROP TARD, MEINE HERREN. NOUS AVONS RETROUVÉ LE WALLENSTEIN AVANT VOUS...
CELA DIT, MESSIEURS LES ANGLAIS, JE DOIS RENDRE HOMMAGE À VOTRE PERSPICACITÉ, MÊME SI, JUSQU'ICI, LES CIRCONSTANCES VOUS ONT ÉTÉ OUTRAGEUSEMENT...
... FAVORABLES !
VOUS N'AVEZ AUCUNE CHANCE DE VOUS EN TIRER. L'INTELLIGENCE SERVICE ET SCOTLAND YARD SONT AU COURANT DE TOUS LES DÉTAILS DE L'OPÉRATION EGRA. NOUS CONNAISSONS MÊME VOTRE NOM, HERR SCHWACHE !
IL EST INUTILE DE CHERCHER À M'IMPRESSIONNER, MESSIEURS. AVANT LE LEVER DU JOUR, NOTRE GLORIEUX REICH AURA REPRIS POSSESSION DU CHARGEMENT DU WALLENSTEIN...
... ET SA PRÉCIEUSE CARGAISON VOGUERA VERS L'AMÉRIQUE DU SUD SOUS LE PAVILLON D'UNE INOFFENSIVE COMPAGNIE PANAMÉENNE.
LA CAVERNE SERA DYNAMITÉE ET LE WALLENSTEIN ENTRERA, POUR TOUJOURS CETTE FOIS, DANS L'ÉTERNITÉ...
... AVEC VOUS. AH ! AH ! AH !
36
LOUTTE-OLEFFE

J'ÉTAIS À BORD DE CET AVION, MESSIEURS, LORSQU'UNE TERRIBLE TEMPÊTE NOUS DÉTOURNA DE NOTRE ROUTE VERS L'ISLANDE ...
PAR UN HASARD INCROYABLE, L'APPAREIL S'ÉCRASA DANS L'AXE MÊME DE CETTE CAVERNE PERDUE EN PLEINE MER ET IL Y RESTA CACHÉ JUSQU'À CE JOUR ...
J'AVAIS ÉTÉ ÉJECTÉ LORS DU CRASH. SEUL SURVIVANT DE CETTE TERRIBLE CATASTROPHE, JE NE DUS MON SALUT QU'À L'IGNORANCE DE QUELQUES PÊCHEURS ET À UNE FILIÈRE D'ENTRAIDE DE LA SS. J'IGNORAIS LA POSITION ...
... EXACTE DE L'ÉPAVE, MAIS JE SAVAIS QU'ELLE REPOSAIT DANS UNE CAVERNE. CELA M'A PRIS PLUSIEURS SEMAINES, MALGRÉ TOUT, POUR LA RETROUVER ...
VOTRE BASE SOUTERRAINE, L'ARADO PEINT EN NOIR. VOUS ÊTES RESTÉ TRÈS ROMANTIQUE, SCHWACHE ...
IL FALLAIT PRENDRE DES PRÉCAU ... !?!
HERR MAJOR!
ALARM !!!
WAS IST LOS, OTTO ?
SOLDATEN, HERR MAJOR ...
VITE, DANS LA CARCASSE !
37
LOUTTE-OLEFFE

HANDS UP !
FEUER, DONNERWETTER! FEUER! FEUER!
TAKATAKATAKA
VOILÀ UN TIR PLUTÔT BIEN AJUSTÉ, MATELOTS!
IL SERAIT PRÉFÉRABLE DE VOUS RENDRE, MESSIEURS !
OÙ SONT BIGGLES ET LISSIE ?
MIT OTTO! AH! AH! AH!
38
LOUTTE-OLEFFE

AAAAH !
ACH, SCHWEINEHUNDEN !
BLAM
BLAM
BLAM
TONG
SHLONG
PAR ICI, BIGG...
OH!
ACHTUNG
LOUTTE-OLEFFE

BY JOVE ! IL N'Y A PAS D'ISSUE, NOUS SOMMES FICHUS...
BROM
BLAM BLAM BLAM
KLING
POUAH ! BLLL !
SHLACKH
ACH ! NEIN... !
NEIN... !
BIGGLES, LISSIE... VIVANTS ! DIEU SOIT LOUÉ !
LOUTTE-OLEFFE

RAVI DE VOUS VOIR, CAPTAIN, CET ENDROIT EST INFRÉQUENTABLE...
DÉBARBOUILLE-TOI, BERTIE. C'EST RÉPUGNANT CE TRUC...
VOICI LES SPÉCIALISTES DE L'INTELLIGENCE SERVICE. ILS VONT DRESSER L'INVENTAIRE DE LA CARGAISON. NOUS ALLONS ENFIN SAVOIR CE QUE TRANSPORTAIT LE WALLENSTEIN...
HELLO, SIR...
HOW DO YOU DO ?
QUANT À MOI, CAPTAIN, JE PRENDRAIS VOLONTIERS UN GROG BIEN TASSÉ...
ET UNE DOUCHE... ÇA PUE CETTE M...
ALORS, FINLAY, ÇA AVANCE LE DÉPOUILLEMENT ?
OUI, ET C'EST ABSOLUMENT INIMAGINABLE...
SAVEZ-VOUS, GENTLEMEN, CE QUE TRANSPORTAIT CE JUNKERS ? QUELQUES CAISSES D'ARCHIVES, DE L'OR, MAIS SURTOUT... ACCROCHEZ-VOUS...
LOUTTE-OLEFFE

TRENTE CERVEAUX HUMAINS. TOUT CE QUE LE REICH AGONISANT COMPTAIT ENCORE DE SAVANTS ET DE TECHNICIENS DE VALEUR... REGARDEZ-MOI ÇA !
ERICH VON BRENNDORF, INGÉNIEUR. HELMUT SCHIKHARDT, BIOLOGISTE. KONRAD FUCHS, STATISTICIEN. ETC... RIEN QUE DES GROSSES TÊTES, SI JE PUIS ME PERMETTRE.
C'EST... C'EST INCROYABLE MAIS... POURQUOI ?
UNE SORTE DE PARI SUR LA SURVIE. IL ÉTAIT PRÉVU QUE LES CERVEAUX PUISSENT ÊTRE RÉIMPLANTÉS DANS DES CORPS D'ACCUEIL QUAND LES RECHERCHES DES MÉDECINS NAZIS L'AURAIENT PERMIS. TOUT SE TROUVE ICI, DANS CE RAPPORT DE LA MAIN DU DOCTEUR JOSEPH MENGELE !
BY JOVE !!
MAIS ALORS ? LE TRUC QUE J'AI REÇU SUR LA TÊTE... C'EST...
OOONN !!
VENEZ, OLD CHAPS ! UN HYDRAVION DU COASTAL COMMAND VIENT NOUS CHERCHER. ALGY DEVRAIT ÊTRE À BORD...
AVOE
ML824
42
LOUTTE-OLEFFE

QU'ALLEZ-VOUS FAIRE DE LA CARGAISON ?
LES HOMMES DE FINLAY VONT ACHEVER L'INVENTAIRE COMMENCÉ PAR SCHWACHE. ENSUITE, LES ARCHIVES, L'OR, LE MATÉRIEL INTÉRESSANT ET LES PRISONNIERS SERONT RAMENÉS À LONDRES...
ET LES CERVEAUX ?
NOS HOMMES ONT DÉJÀ COMMENCÉ À CREUSER TRENTE TOMBES ...
LOUTTE-OLEFFE
43

PLUS TARD...
MILADY, GENTLEMEN. JE VOUDRAIS CLÔTURER CETTE ÉTRANGE AVENTURE EN LEVANT MON VERRE À LA SANTÉ DE NOS HÉROS : BIGGLES, BERTIE, GINGER ET ALGY SANS LA DÉTERMINATION ET LE COURAGE DESQUELS CES MAUDITS AVENTURIERS...
HMM !
DITES, JERVAS, QU'EST-CE QU'IL Y A À MANGER ?
DU HAGGIS, SIR, DE LA PANSE DE BREBIS FARCIE...
TU VERRAS, COUSIN BERTIE, C'EST PRESQUE AUSSI BON QUE LA CERVELLE DE HARENG ...
!?
EXCUSEZ-MOI, ÇA ME REPREND...
OOONN !!
AH! AH! AH!
HOUAH! HOUAH!
THE END
DESSINS
Eric LOUTTE
SCÉNARIO
Michel OLEFFE
ENCRAGE ET PARTICIPATION AUX DÉCORS
Ivan FERNANDEZ
COLORIAGE
Frédéric BERGÈSE

BEAR BRAND
PURE SILK STOCKINGS

BLACK-OUT
ZERO HOUR
TO-NIGHT
UNTIL 5.15 A.M.
MOON RISES
MOON SETS

No. 12.550

ALBANIANS KILL 400 ITALIANS

Belgrade report

BELGRADE, Monday

An unconfirmed report from the Albanian frontier received in Belgrade states that 10 000 Albanians are in revolt, and that 400 Italian soldiers have been killed in Albania.

'Britain's new terrifying weapon'

LONDON LATE EDTN.

One Penny

Good Whisky
JOHNNIE WALKER

THE TIMES

DIEU ET MON DROIT

LONDON, MONDAY, AUGUST 19.

Que s'est-il passé à El Nuhûd?

(De notre correspondant au Caire)

Après le long silence imposé par les services du Premier Ministre, les bruits commencent à filtrer au sujet de la mystérieuse affaire du «Space Arrow», le prototype qui avait disparu comme par enchantement, il y a dix jours, de la base militaire de El Nuhûd, dans le désert égyptien.

On sait maintenant avec certitude que l'appareil avait été «emporté» par une bande de dangereux espions à la solde d'une puissance hostile et qu'il s'en est fallu d'un cheveu pour que ce fleuron de l'aéronautique britannique ne finisse dans un cataclysme.

C'est à une petite équipe d'enquêteurs de Scotland Yard, menés par le célèbre héros de la bataille d'Angleterre, le Sergent Bigglesworth, que le complot a pu être déjoué.

Mais plus encore que les circonstances de la disparition et de la récupération du «Space Arrow», c'est le moyen utilisé par les bandits qui défie l'imagination... **(suite en page 3)**

le Sergent Bigglesworth

le «Space Arrow»

SUPP
MUDD
OFFIC

WAR production left to face ne petition between but even between di ments of the same pressing for order pleted

More Please!
BROWN & POLSON CUSTARD

"AN R.A.F. plane, flames spreading from airscrew to tail, came crashing towards the centre of a south-east town. The pilot stuck to his controls, steamed coolness... he saved... and sacrificed his life by crashing into the sea."

You remember the story. Here is the hero—Flying Officer D. N. ..., of Park-hill, Ealing. He was twenty-eight; was married nine months ago to Miss Margaret Peal, of Ealing.

The Battle of Britain

Iverson qu
Storehou
for Ameri

By Our Deputy City Edito

THE board of Storehouse, the BhS-to-Mothercare retail combine, has suffered another defection Ann Iverson, chief executive of Mothercare, is to take up a post in her native United States.

Ms Iverson, 50, joined more than four years ago after being hired by David Dworkin, the former chief executive, with whom she worked in America.

R.A.F.

All day long there were terrific battle Channel and along the coast. And last nig Ministry announced we had shot down

Fry's Sandwich Chocolate

oll
ke
al

rate since Sep the City had output prices per cent. the cost of raw rose by 0.3 but were 2.6 a year ago. City fore- Friday's inflation annual 2.4 inflation benign. of econom- confidence the Confedera

nd

nagement filed bankruptcy protec- charge against to activities in or to market quarter. Mr the scheme an that happened art" controls, lures and risk ms. The charge ting record first-

fington, page 27

its
se
ca

ch had been the ious actual and aches when she aken over while rehouse execu- in recent years.

IN SOUTH-EAST ENGLAND

Plane Trap

Former A.R.P. chief held

Daily Express Staff Reporter

BOURNEMOUTH, Monday

Vous lirez la suite des nouvelles aventures de Biggles dans le prochain album : «LE DERNIER ZEPPELIN» !

CHEZ LE MEME ÉDITEUR :

BANDE DESSINÉE

BDétectives

0 Edmund BELL 1 : «L'ombre rouge»
1 Monsieur WENS 1: «Six hommes morts»
2 Arsène LUPIN 1 : «Le bouchon de cristal»
3 ROULETABILLE 1 : «Le fantôme de l'Opéra»
4 Sherlock HOLMES 1 : «La sangsue rouge»
5 Edmund BELL 2 : «L'ombre noire»
6 Nero WOLFE 1 : «Les compagnons de la peur»
7 Arsène LUPIN 2 : «813»•La double vie
8 FANTOMAS 1: «L'affaire Beltham»
9 Monsieur WENS 2:«L'ennemi sans visage»
10 ROULETABILLE 2: «Le mystère de la Chambre jaune»
11 Abbé BROWN 1: «La croix de saphir»
12 Arsène LUPIN 3: «813»•Les trois crimes
13 Edmund BELL 3 : «Le diable au cou»
14 ROULETABILLE 3: «Le parfum de la dame en noir»
15 FANTOMAS 2 : «Juve contre Fantômas
16 Sherlock HOLMES 2:«Le chien des Baskerville»
17 Nero WOLFE 2 : «La cassette rouge»
18 Edmund BELL 4: «La nuit de l'araignée»
19 Edgar WALLACE 1 : «Le serpent jaune»
20 Monsieur WENS 3:«L'assassin habite au 21»
21 Arsène LUPIN 4: «La demoiselle aux yeux verts»
22 ROULETABILLE 4: «La poupée sanglante»
23 Edmund BELL 5: «Le train fantôme»
24 Sherlock HOLMES 3: «La béquille d'aluminium»
25 ROULETABILLE 5: «La machine à assassiner»
26 Monsieur WENS 4: «Des cierges au diable»
27 FANTÔMAS 3: «Le mort qui tue»
28 Arsène LUPIN 5: «L'aiguille creuse»
29 Sherlock HOLMES 4: «Jack l'Éventreur»
30 Edgar WALLACE 2: «L'archer vert»
32 Le MARQUIS 1: «Le truand oublié»
34 Sherlock HOLMES 5: «La bande mouchetée»
35 Loup DURAND 1: «Daddy • 1»
36 Loup DURAND 2: «Daddy • 2»

Agatha Christie

1 «Le crime de l'Orient-Express»
2 «L'adversaire secret»

Maigret

1 «Maigret et son mort»
2 «Maigret tend un piège»
3 «Maigret chez les Flamands»
4 «Maigret et la danseuse du Gai-Moulin»

BDévasion

BIGGLES:
1 «Le cygne jaune»
2 «Les pirates du Pôle Sud»
3 «Le bal des Spitfire»
4 «La bataille d'Angleterre»
5 «Le vol du Wallenstein»
6 «Squadron Biggles»
7 «Le dernier Zeppelin»
Archives 1 «Biggles dans la jungle»
HS «Mes avions de papier»
HS «Les poisons de Mars»

Carland CROSS :
1 «Le golem»
2 «Le dossier Carnarvon»
3 «Tunnel»
4 «Le mystère du Loch Ness • 1»
5 «Le mystère du Loch Ness • 2»

ALEXE :
1 «L'imprévu»
2 «Le souffle du Dragon»
3 «Kay Siang»

Le MALTAIS :
1 «On peut toujours négocier»
2 «Les 7 samouraïs et demi»
3 «Mao ! Mao ! Mao !»

Les ROUTIERS
1 «Les Routiers • 1»

Les ABERRANTS
1 «Le robot écrivain»

HARRY sauve la planète
1 «Urkanika»
HS «La machine à explorer le temps»

Jules Verne

1«Voyage au centre de la Terre • 1»

BD archives

TOUT MÉTÉOR 1, 2, 3
TOUT BELLOY 1
TOUT TIGER JOE 1

Bob Morane

1 «L'oiseau de feu»
2 «Le secret de l'Antarctique»
3 «La terreur verte»
4 «Les tours de cristal»
5 «Le collier de Çiva»
6 «La piste des éléphants»
7 «Échec à la Main Noire»
8 «La vallée infernale»
9 «La chasse aux dinosaures»
10 «La galère engloutie»
11 «L'île du passé»
12 «L'ennemi sous la mer»

LITTÉRATURE

Volumes

Henri VERNES - Bob Morane : «Le cycle d'Ananké»
Henri VERNES - Bob Morane : «Le cycle du temps» 1 et 2
Henri VERNES - Bob Morane : «L'Ombre Jaune» 1, 2 et 3
Henri VERNES - Bob Morane : «Miss Ylang-Ylang»
Henri VERNES - Bob Morane : «L'intégrale» 1
Jean VAN HAMME : «Largo Winch» 1 et 2
Isaac ASIMOV: «David Starr, justicier de l'espace»
W.-E. JOHNS - Biggles 1: «La seconde guerre mondiale»
Jean RAY: «Harry Dickson» 1 et 2
Thomas OWEN: «Œuvres complètes» 1 et 2
E. R. BURROUGHS: «Le cycle de Mars» 1 et 2
E. R. BURROUGHS: «Le cycle de Vénus»
Kenneth ROBESON : «Doc Savage» 1
Yves VARENDE : «Lord Lister» 1
SULITZER : «Le cycle Cimballi»

Attitudes

Clive CUSSLER : «Mayday !», «Iceberg», «Vortex»
Jean RAY : «Jack de Minuit», «La guillotine ensorcelée»
John FLANDERS : «Les joyeux contes d'Ingoldsby»
André-Paul DUCHÂTEAU : «Crimes par ricochet»
André-Paul DUCHÂTEAU : «Sherlock Holmes revient»
Thomas OWEN: «La ténèbre»

Bob Morane Pocket

1 «La vallée infernale»
2 «La galère engloutie
3 «La griffe de feu»
4 «La panthère des hauts plateaux» (inédit)
5 «Le sultan de Jarawak»
6 «Le secret des Mayas»
7 «Les chasseurs de dinosaures»
8 «La guerre du cristal» (inédit)
9 «Échec à la Main Noire»
10 «La fleur du sommeil»
11 «L'empereur de Macao»
12 «Les larmes du soleil» (inédit)
13 «L'orchidée noire»
14 «Les compagnons de Damballah»
15 «Les géants de la Taïga»
16 «Les démons de la guerre» (inédit)
17 «Le gorille blanc»
18 «L'ennemi invisible»
19 «Les déserts d'Amazonie» (inédit)
20 «Bételgeuse and C°» (inédit)
21 «L'arbre de la vie» (introuvable)
22 «Le réveil de Kukulkan» (inédit)
23 «Les damnés de l'or» (introuvable)
24 «L'anneau de Salomon» (inédit)
25 «Des loups sur la piste» (introuvable)
26 «Les 1001 vies de l'Ombre Jaune» (inédit)
27 «Terreur à la Manicouagan» (introuvable)
28 «Trafic à Paloma» (introuvable)

PHENIX

37 «Spécial terreur» (collectif)
38 «Koontz/Masterton» (collectif)
Dossiers 2 «Stephen King» (collectif)
Dossiers 3 «Jean Ray/John Flanders» (collectif)

PRINTED IN BELGIUM BY proost INTERNATIONAL BOOK PRODUCTION